第 35 届
青春诗会诗丛
《诗刊》社 / 编

欢歌

马泽平 著

南方出版社

海口

图书在版编目（ＣＩＰ）数据

欢歌 / 马泽平著 . -- 海口：南方出版社，
2019.8（2019.10 重印）

（第 35 届青春诗会诗丛）

ISBN 978-7-5501-5575-6

Ⅰ . ①欢… Ⅱ . ①马… Ⅲ . ①诗集 – 中国 – 当代
Ⅳ . ① I227

中国版本图书馆 CIP 数据核字 (2019) 第 157207 号

欢歌

马泽平 著

责任编辑：高　皓
特约编辑：姚晓斐
装帧设计：史家昌

出版发行：南方出版社
地　　址：海南省海口市和平大道 70 号
邮　　编：570208
电　　话：0898-66160822
传　　真：0898-66160830
经　　销：全国新华书店
印　　刷：阳谷毕升印务有限公司
版　　次：2019 年 8 月第 1 版
印　　次：2019 年 10 月第 2 次印刷
开　　本：787mm×1092mm　1/32
印　　张：5
字　　数：120 千字
定　　价：40.00 元

目录

CONTENTS

辑一 欢歌

辑二　理想生活

辑三 雪日寄北

辑四　掌灯记

辑五　冬至日

辑一　欢歌

湄江河上

河面上闲落着几朵浮萍，也有水鸟在高过轮渡的地方呜呜
孤独的人没有出声
点一支烟，看鸟翅擦过船舷

他数着手心里剩下的念珠
最后几颗了。西贡还是没能下雪
他为她备好精致的屋舍
——木质器具来自于中国

他说起妻妾，她说没有关系
这时候
她像颤动着的烛火。风轻轻吹着

欢 歌

我们终于就要会面
时隔多年
我们已变得不再年轻
寡言，谨慎
不再谈论应该信奉怎样的神
阳光多么明媚
我们握手，
不再抱怨彼此有过的坏脾气
多么亲切
需要告知对方的，
都以眼神
和嘴角的笑意代替
我们点你爱吃的
甜品与果汁
要服务生准备素洁的床单
还有双份的洗漱用具
我们没有时间悲伤或者哭泣
——仿佛世间只此一日

我们都有一个好听的名字

那个年轻的人
当自己是
小说家雨果
他写花格裙子少女
读圣经故事
无论是在
莫斯科红场
还是巴黎
艾菲尔铁塔
孤独是
唯一主题
这与年轻的
雨果
没有关系
与少女和圣经
也没有关系

村居一日

我有一滴水落在秋草上的欢愉
我热爱居士般的生活
持有大野心，也持有小情欲
我喜欢黑白斑纹的蝴蝶落在手心里
我需要这样一种怜悯
从世界的心脏
——倒墩子（我世居于此）
通往偏僻的纽约、北京与巴黎

不 要

不要爱大海边独坐的女子
爱就爱她裙角
翻卷起的数十种浪花
——不要问她的名字
她有她的孤独，一个人走出影院
如今一个人看海
不要等到日落，再为她披上外衣
要爱就勇敢一些吧
既然已经品尝过这海水的苦涩
就不要使她的眼泪滴入海鸥投下来的影子

关于一个名字的最后记忆

你说还爱着我
我也愿意
相信
我是你梦境里的唯一
你又为我洗了
几件衣物
把它们叠放整齐
你做好晚餐并发信息
给我
阴天。要记得
出门时带伞
尽管，我们已无法回避

这样一种事实：
我爱的你
已是某某人妻子

礼拜日

火车正穿过辽阔的中国北部平原
我在中途某站翻出便笺
我想起来一件事
夫人，牛奶需要热一热了

六月多好，信阳的麦子已经熟了
我有几顶草帽子
我该送给他们中的哪一位？
夫人，你也会看到的，麦芒上落满了小雨滴

偶 题

如果我写到过死亡降临的消息
请不要在意
死亡是一种必然
我是偶然（活着或者爱你）
我不值得你来在意

独 居

上午晴好，就种小茴香，九层塔，几种薄荷
也观摩花势，依习性脉络，枯中见荣
插刺桐花与五叶松，竹子花与火焰百合

玻璃养蕨类几个，苔藓植成岛屿一座
午后有雨，适合撑伞，坐在石阶上看溪水
水落石出，也露出溪水中的那个我

深山未必就比人间孤独
春晓有几声鸟鸣，秋夜闻处处蛙声

第 176 号梦境

圣赫勒拿岛和波尼可海滨之间
住着我的植物学老师
它在几章绘有插图的旧册页上
得到妻子亡故的噩耗
——那个爱过的人，从此杳无音信
它看到他们
乘坐绿皮蒸汽机火车
那是四十年以前
他们途经长满石头的田野，私人花园，咖啡厅
抵达阿伦娜教堂
我站在锈迹吞噬过的黑色桥头上
和我独眼的植物学老师
我们都将穿过隐形的活板木门
顶楼上的钟
就这样沉寂地悬了很久
等我们出生，等我们从远方赶来
然后像是终于完成使命
晃动。传出高亢嘹亮的鸣音
我的独眼的植物学老师
它吻那些小蕨类植物叶子
礼拜，然后消失

物哀见美：总有一孔之明，使我和世界相通

北京下雪了，巴黎晴，纽约的天比圣地亚哥阴晦
世界地图上没有标注出来的
天气预报会补充完整
孤独的人世，总有一座车站，离开的人
还走在归家途中

我在腊月出生，九月行成人礼，有过两次爱情
遇见过的和放弃过的有着相似属性
关于年轻，我记住的是你给我鲜花和初吻
如果你阅读，请留意：
我写出来的是一种可能，我没写到过的是另一种

马尔克斯和他的女人们

现在，他有足够多的闲余时间点上一根烟
壁炉里没有生火
他翻了翻抽屉，没能找到那罐产自中国的茶叶
他瞥了一眼蕾蓓卡或者是阿玛兰塔
他有些不确定他们在橱柜里藏了什么
金黄色烤鸡，或者是蜂蜜？
他似是有些疲惫
靠在椅背上，微闭着眼睛
现在，他回想起那些需要铭记的生活
比如是在拉丁美洲某地
他爱着一个女人，并孩子气地贪求全部
他记得有人说要写诗（事实上并没有）
写马孔多镇上吉普赛人显现的诸多神迹
那是在一场雨里，有人繁育了一朵黄色玫瑰
他嗅了嗅，她们嗅了嗅
令人眩晕而迷醉——这死亡的气息
混杂着烟味以及墨水和羊皮纸的味道
然后他就突然坐起
沿着长满绿萝的长廊望过去，乌苏拉正点亮灯盏
蕾梅苔丝在念诵经文
蕾梅苔丝在扭动腰肢
蕾梅苔丝飞起来了

然后她们就嘴角微微上扬，露出一个个酒窝
乌苏拉缝制着衣袍，她在袖口绣了朵黄色玫瑰
她发现血自另一条街道
沿着长满苔斑的石阶流动
她碰了碰他，他沉默着没有丝毫响动
他像是陷入熟睡之中
那时候，窗户只关了一半
阳光笔直地照进壁炉，照进每个人的瞳孔
令人迷醉而眩晕
——这腐朽的湿气

告 诫

我的胸口藏有
劲竹与疾雪
我不担心没有听众

阅读笔记

我曾在一首诗中读到桉树和雨水
干净极了，我记得其中一句
弥漫着秋日气息
我在诗的结尾遇到我自己
——甚至联想到万物枯荣有时
（我也知道，这原非诗人本意）
想到我爱着的异族女子
我木讷而愚蠢
像现在这样被微渺之物感动到哭泣
也会因此而受到某种启发
比如在纸上写下
我爱你（即使无所指的）

我知道生活远不止如此

所以我宁愿，在客西马尼花园
伏地痛哭的人是我
所以我宁愿，违背诸神旨意
推巨石上陡山的人是我

与吕达书

西乃山上的圣火
从不曾熄灭过
即使墓地已落满雪
我们依然举杯
庆祝我们微渺的快乐
有时候我会觉得
你是镜面中
另一个我
你也的确写到过：
"会有一种坍塌
摇晃你我"
有时候我会想你
在我居住的北中国
擦肩而过——
你递给我福音
是众多信使中的一个

给布考斯基

你推开过花园街第几扇门？
在台阶上鞠躬
摘掉帽子
拍落衣领与裤腰处的积雪

你曾经多么年轻
睡在带着波兰血统的德国女郎
雕小朵合欢的楠木床头
读报纸，讲粗话，喝白兰地

这似乎并不是什么坏事
当你坐起来
写两行
关于《圣经》与格丽娅的句子

点灯记

有时候，我会仔细观察那些在黑夜里发光的事物
星辰辽阔而又幽远
但灯盏寂静，点亮的也总是斗室
造物的神奇之处恰恰在于此处：
深浅不一，四时有序
仿佛一台巨大又精密的电子仪器
光之于黑夜，
并不遵奉谁的旨意
而是需要。尽管并不是所有人
需要这种指引
褪去衣衫，解放受过整个白昼束缚的身体
我始终相信，我们——
需要黑暗，需要光之外的未知
也只有这样，恐惧着的人类
才会以点灯的方式
向冥冥神灵
忏悔已过，并献上颤颤巍巍的敬意

茨维塔耶娃的悲伤

可能就是像现在这样，想听到你说晚安
可能一棵树并不叫做合欢
如果你无法爱我
我将在雨水中度过整个秋天

直 觉

即使我死后，依然没有因诗而获得某种名声
我也愿意相信：
写完这样一首诗，写过这样几行句子
我就已经比众人（他们也会降生，他们也会亡故）
更早拥有生活的本质
——几颗玫瑰种子以及满园秋霜

写给刘岳先生的一封书信

我想在开头写上：尊敬的刘岳先生
我想把信寄到我们到过的靖朔门
也没什么要紧事，想告诉你的是
落过一场雪。木桥已断，可能我再也回不去
我准备了烛火和茶具
准备了绳子，够一些日子果腹的食物和清水
我想赶在天阴之前
砍掉那棵悬在崖畔上的巨刺
"它就长在我眼睛里，或者是心底
每一回相遇
都令我无法呼吸"
还有一些秘密，我爱着我的邻居
那是屋后
她暗哑，不太热衷于人间事
刘岳先生。可能我很久都将收不到你的消息
可能你会说这样也好
独处更能认清自己
可是先生，这又是多么可怕的事
没有劝勉与告诫
我和我自己，只是我和自己
彻夜不眠
想着过往或者明天的事

我是疯子么？泥尘和灰渍长满整个外衣
先生，你必须得允许我做一块顽石
不被垫脚，也不被筑进某座建筑物躯体
只是冥顽，依稀还持有原来的样子
允许我不敢对你提及世间事
我以为的世间事，有清亮如此刻的烛火
也有养育过我们的
浊浪排空的长河
有时候，我会疑虑诸事都抵不过一色字
就如某位离世诗人所吟唱
一日复一日
尊敬的刘岳先生，不要把花园里栽满铁蒺藜
空出一块空地
如果我还有力气回去
我将用它，储藏我爱着的
那些谷物种子

偏 见

有一年我在北京的公园里
读毕肖普和辛波斯卡
那是九月将尽
公园的湖心里荡着几叶银杏
偶尔会听到鸟鸣和琴声
偶尔会遇到
耄耋老人和他坐轮椅的女人
和谐而又干净
我指的是——
她们写在秋天的诗篇
和黄昏时分车流拥挤的北京

静 喻

属于水的纪年方式是滴落，穿石而过的是男丁，有激
　　越，但不是谁都能听懂
落在瓦楞上的是乐工，你可以理解为女性，纤指灵动，
　　弄渔家趣，也奏帝王志
刀手有玉碎之心，临高而落，一跃就是卑怯者的一生
除非春日空空，否则没有任何回应
而我往往欢愉于这静——
山河万里，最隐秘的力，恰是润物不见声

假 如

人们从山里运出干柴、粮食和墓碑
人们保留住前些时候的肃穆
于是我开始担忧你的近况，贫寒是其中一种

我托人们给你棉衣，向你问好
我叮嘱人们把缺憾还给你，一样也不能少
并告诉你：河水就要卷起浪花，我就要忘掉你

布拉格广场

下午的时候，小说家米兰·昆德拉先生
用食指敲了敲椅背和桌面
他点了两份咖啡
他把加了小块砂糖的那份
递向留出来的空座位
时间还早，足够他完成想象：
古老中国
草原、湖泊和寺庙
足够他遇到并爱上
美丽的牧羊姑娘
他蘸了墨水，准备写
新的主题（他看到落日，
余光如钢琴曲一样
在广场中央流动）
关于人类，关于死亡
是时候了——
米兰·昆德拉先生这样想着
他需要推开椅子
站起来，走出阴影
邀请美丽的新娘
跳一支华尔兹
捷克人民需要这样的荣誉

异同记

你的网名是空格键，是大悲手，我的是无字碑
我们都以分行方式，在纸张里供奉神，也供奉自己

你在湖南，在北京，我在宁夏
但我们直到皓首，也受一般苦，饮一般毒

我们称呼彼此陌路人，亲爱的，也称海盗与樵夫
我们有共同的归处，有时候需要一把火，有时候需要
一场战争

富春山居

人群里
你是孤独的
那一个
听雨
听泉
也听松涛
你来得太迟
已不能
在碑文上
添妄评之语
整座山
都是
那个人的
你来得正好
不至于
使长遍青苔的
钓台
空余半江
烟与雨

辑二 理想生活

我相信会有这样一天

迟早我们会借一顶礼帽
一根枣木拐杖
迟早会需要这样两条街道
一条泥泞，通往寂静的山里
一条整洁，尽头有小镇上唯一的淡水湖

迟早我们会用到丝线、顶针和剪刀
凿开铜壁，向别处借盏心灯
物总得尽其用：
留一些度日，多余的
递出去，总会有一双眼睛因此而欢喜

理想生活

几株翠柳，半亩水塘，空余处栽上野百合
春读宋词几阙，秋收板栗三两斤

自由极了。可以醉酒，裸睡和神经质
要多么快活就多么快活：剥一瓣橘子，添一匙冰糖和蜜

十八岁那年的爱情

我曾想象你是一颗晶莹剔透的珠子
色道是我喜欢的秋日原野样子
你斜依在我怀里
像是一把稻草
你要我剥开裹在你身上的泥巴、灰尘
剥开谁忘了解开的封印
你亮出一小截烛火
烛火也是透明的，小心翼翼地燃烧着
——你确实该如此谨慎
我也担心，它会引燃整个秋日原野

即 景

她娴静如午后落在树梢上的云朵
光线折射的角度也正好
供节奏疏朗的写字声
从瓷瓶中
两片垂落着的绿萝叶间隙中穿过

泥 流

我曾这样形容一条河：像是骨质疏松的老人
那是旱塬——我必将在这里交付一生
我能触摸到的
还会有多少荒芜？母亲，我隐忍着
和你一起喊出那些名字
金黄的谷穗、尘埃以及某个无所事事的黄昏
我和你一起侧耳倾听
新生儿啼哭，或者是送行人悲怆
该有多么绝望？
才会寄托于一个欢愉的名字
——清水河
母亲，我和你，和他们一起喊着
一起遗忘
那些泥沙俱存的实质
它源于何处？
又将止于何年？
轻微的漂浮，凝重者沉淀
它究竟
洗干净了多少白骨？

物哀诗

墓地里的秋草也需要春风安慰
即使风如刀子
吹一回，这世界就苍白一回
（死亡存在于未知
无法确指，因恐惧而美丽）

墓地里的秋草也懂荣枯交替
经历祸事，也经历瘟疫
即使生在碎石罅隙
——它的身世
依然也是彻照人间的镜子

给未具名者的写实主义书信

我在人间的最后一个情人
是就要燃尽的那轮落日
它沉默着，像是 1884 年的艾米莉 · 狄金森
坐在长长的轨道上
　（轨道是她宅居的花房？）

日 后

告诉我，还有没有一样的秋天？
我们犹豫着
铁轨已经穿过金黄色落叶
我们等那个人手捧几支稚嫩的波斯菊
与我们一起，躲在廊檐下听雨（周日也将有雨
漫过街道、走廊，淹向存放羊皮卷的房间
它一直在以自己的方式延续）
我们拥抱着
彼此提醒那些日子
在 1918，枪声由稀疏变得稠密
写信的人还在巴黎
画室里空无一物
速写纸、酒器、百褶裙子以及外衣
先于我们消失
"我们一无所见，除了那些可以视而不见的微芥。"*

注：*部分引自法国诗人亨利·米肖《我从遥远的国度写信给你》。

苦竹记

你能否理解这样一种生活
新栽的竹子，已经枯了
而我也不得不承认：
就快要失去你了
往往就是现在这样，糟糕过的
会在某一时刻继续糟糕
馊食物似的
雨季没有到来，就已经不可收拾
需要解释给谁听？
一棵与一丛没有本质区别
循着固定轨迹
抽出叶子，四月
（独属于艾略特的荒原和四月）
闻道然后死去
而星辰依然浩瀚
大海，也将永远蔚蓝
我们孤独着——
等不到春风和雁阵经过

我已为你备好清水

如果会有那么一天
我爱过的人
你因曾挚爱过的事物而厌倦
开始在意古渡口泊着的
竖着高高桅杆的帆船
那么，回来我身边
读米沃什的《礼物》给我听
我为你准备清水
准备谷米与新鲜的蔬菜
柴房里的碳火
足够抵御整个冬天的寒意
如果这些还不够
衣橱里备有干净棉衣
我爱着的人，如果你也如我
有隐疾需要忏悔
左手第二个抽屉里
我为你准备好纸和笔
推开窗户吧
呼吸乡间最清新的空气
朴素即神谕
它已宽宥了我们对人世有过的
所有抱怨与敌意

墓志铭

这可能是最简单的一次表达了
这个孤独的人
终于得到渴望已久的安栖之地

冬末：我所拥有的

我喜欢窗口
即使很小
即使永远也不会
因为谁而打开
花蕾一样
因为你
紧紧闭合着
我没有什么可以给你
除了一条泥流
我将永远拥有河床
泥沙
碎石子
枯枝
还有，隐在河面下
你不能拒绝的
轰鸣声

某日记

现在，你像个戴着
鸭绒帽的小公主
想象自己在一条河的尽头
遇到沉思的苏格拉底
冬天就要过去了
你期待几抹绿意
重新从枯枝根部生起
你向他打招呼
（苏格拉底还在沉思）
用优美的汉语词汇
赞颂爱情和葬礼
现在，东风有东风的样子
你告诉人们
做些什么都可以
什么都被允许
——除了爱你

千帆尽

唯有水映群山才配得上我赞美
唯有你的浩荡
能够盛放我的疲惫
我确不曾爱过明月与青松
我比它们更熟知
我亏欠过的，我的软肋
所以我原谅一个男人
水穷处流的眼泪
你必须懂得
养主宽恕什么，什么才会知罪

二妹和她的空寨子

整个寨子都搬空了
先是几棵树
树上枯死的皮和一些断枝
后来是石房子
透风的窗子
窗子里油尽了的灯盏
再后来是牲口粪便
熟透了的稻田
还有二妹洗头的那片溪涧
但祖坟是搬不动的
二妹和她
溶在月光里的笛声是搬不动的
整个寨子都是空的
二妹哪
他们不懂，他们搬不动
寨子里还有一场风
吹了这些年
看不到始，也看不到终

西海子秋雨记

这时候我们坐在靠窗的位置
刘姓老汉沏了一壶铁观音
揉夫净过手
准备弹那把三弦琴
云更深了，古刹和松木隐在雨中
方圆三五里
不闻机杼，不闻狗吠声
隔壁说书的丁举人讲到魏晋
那些卧雪也不忍叩动门环的士子
西海子的水
就又涨了几寸
亥时雨住，红烛刚好燃尽
山空非真空
马可说，时时见钟声

印象记

喜欢极了这里，高高的烟囱冒着青烟
辽阔而又悠闲
像终于看破红尘的僧人
独自对着落日，安度一个人的晚年
也有钟声，渐传渐远
没入废弃工厂墙外的几截枯枝
也会有雪吧？
多么孤独，是该落一场雪
方便几行轻薄的鸟踪点缀其间

晚 归

原谅那个人，递给他一盏灯
让针芒溶于夜色
告诉他燕山和庙山并没有什么不同
告诉他
可能用不了一百年
我们就将成为
那些野地里被风蚀空的
孤零零的坟

暮春：阿多尼斯的孤独花园

并不是每一条河流
都向往大海
也不是每一朵浪花
都带有
源自深山，丛林和沼泽地
血痕一般的胎记
而叙利亚——
谁是少年阿多尼斯
顶戴花环的姑娘
腰鼓响起来
重锤一样砸入少年心脏
遥远的中国
姑娘就要嫁人了
而叙利亚，而河流……
弹孔是孤独的
暮春，盛放的花朵也是

角度问题

几个藏家站在梵高
早年的画作前
交流心得
布局太精巧了
戴眼镜的先生说
尤其是阴影
活灵活现
这是鸭舌帽的见解
是啊，这就是艺术
看看旁边
那个人画的星云
糟糕透了
着西装打领带的先生
在细致比对过梵高作品
与旁边画作之后
叹息不已
"这也是梵高先生画作
标签撕烂了
我们正在重做"
美术馆工作人员
提醒他们说
哦，我还纳闷构图比例

为什么会不符合逻辑
大师果然是大师
就连败笔都看起来
如此成功

大 寒

也该是一样夜深吧。可能人未必就初定
你会为谁蹙眉或者莞尔？

——电话响到第七声，像是陷入枯井
听不到任何回应

我还想着你。许是掺着丝缕疼痛
我还醒着，说失了温度的旧梦给自己听

没有滴答滴答的时钟
我听不到，你轻轻，轻轻地推开一扇门

信 徒

我遇到过手臂上文德语诗的
文艺女青年
她讲里尔克和他的奥地利
讲亲爱的，败血症
开满秋菊的墓地
南方的雨水充沛极了
似乎已没有人
注意到这样一种必然结局
她抽劣质烟草
讲神经质，止疼药和鸽子
眼神清澈
有我喜欢的孤独样子

贺兰山下

独坐山中的时候
拜寺口双塔间
半坡梨花还没有开
我能读到
乱石掩映，沟壑交错
千年的香火
以及卸甲的征夫
对牧羊女子的爱情
都已断绝
我相信：没有一株
草木是无辜的
迟些日子再来就好了
可能会沿着山路
再往林深处
走三四里
可能晨昏会愈见分明
每一季雨水
都会赋予石头
和泥塑像新的身份

憾 事

我们需要彼此错身而过
无论现在是什么季节

我们需要——
打磨好的刀具一样，从彼此结壳的心脏穿过

当你在很久以后想起爱过
我的白桦林，已积满暮秋的落叶

他的安静有青草一样的芬芳

巴拉那河流域
漫长的
雨季就要开始了
围着草原
唱中国歌的青年
还没有离开
他想：美洲虎和麋鹿
分别属于两种形态
他捡起植物种子
装入左边口袋
他坐下来
写忧伤的曲子
收件人地址还是
保持一致
"愿意为这枝玫瑰
落下热泪的人亲启"

秋日颂歌

秋天就要到了，那个年轻的人
淋过几回雨
现在。给爱人写赞美诗
提醒自己擦脸
进储物间，换上干净的鞋子

秋雨下了三天，街道和墙壁都是湿的
那个年轻的人
把几斤枸杞填入胃里
但它仍然保持着新鲜的饥饿感
像是起初的样子

秋日将尽，空气里弥漫的还是笛子曲
有人说起野鸡、蚂蚱
那是谁读过《古拉格群岛》的村子？
——那个年轻的人
记得添衣，记得拍掉裤脚上的泥

向 晚

总是要等秋日尽
总是松叶老成锈红
总是一个人
伫立在黄昏中
才又想起
那一年暮春
有少女一样的体温
缓慢地，像风
吹过
我们头顶

辑三 雪日寄北

赞 歌

水杉和雾凇漂亮极了
你对我说：
真好，我们
走过茨坪镇的时候
八角楼上
那盏油灯依然亮着

雪日寄北

很多事情，我都已经没有把握
但只要一想到你
世界就安静了

寡言近于木讷
喜欢雪花擦亮黑夜
这是我献给你的唯一赞歌

景 深

他躲开人群，在墙角拍青苔
铁锈一样
枯黄里潜藏浅绿
他注意到几枚蝴蝶叶
另一种严肃——
如刀刃
把烟尘轻轻刮落

问题青年

用节日后的一整天睡觉，打呼噜，也可能是噩梦
坐在卫生间门口吸烟，读报纸，迷信小说里的故事
剥鸡蛋，喝米粥，极力分辨咸和酸

醒过来就立在雨中，提菜篮子的中年妇女从这里路过
我想建议这些人去读读严彬
无非有几种可能：我敢断定，一定有人读到处女座忧郁质爱情

献 辞

你不读也没有关系，只要我写到过动人的诗句
我欢喜于这样的寂静：
给它火种，使它燃烧
赋予它王的权杖
使它不灭，永世为我照明

仿佩索阿写给丽迪娅

所以我常常拥有两种错觉：
门会在夜里，
被谁轻轻推开
书柜也不会像现在这样
蒙上厚厚一层灰尘

当我在九月想起你，抱歉
我也只能在九月想起
在九月，我将拥有一道完整的大河
它从不带走旧的欢乐
也不制造新的悲伤

无 题

称呼你什么都已经没有关系
我不介意石头一样
风从南方吹过，我在北方生活

秋日尽

我所经历过最孤独的时刻
是旅店里住了三日
没有响起一回敲门声
那时节多雨
入夜捧读，也不过几种野草的药性
偶尔也讲逻辑混乱的故事
给窗台上的影子听
我常常刻意忽略年份
伪中藏真
藏面目模糊的故人
于是我就有理由爱上一个黄昏
有理由在纸上写下并相信
秋日将尽——

对死亡的另一种解读方式

这羁旅尘世的孤独信使
盛过风月
盛过万物主宰
盛委屈，也盛细小的欢愉
而今终于迎来结局
——这亟待拆阅的信笺
又像初生一样
允许被描摹、转述
以及再一次误解

哀 歌

题记：现在，我准备回答你，我的爱人；现在，我准备向你告别，
我的爱人。

我想你来看我，从遥远的西域
带着故乡正月的大雪
过黄河，过腾格里沙漠和贺兰山阙
献给我
你也曾哭泣过的每个黑夜
给我草场，白桦林，给我三月
和新鲜的马粪
我想你抛弃掉所有修饰
讲给我隔壁木匠
伐木造舟的故事（洪水可能从未降临
死亡或许已经发生）
我要你对我说抱歉
告诉我
我是我的源初，我是我的无限大
如果我不曾死去
我是我的结束，我是我的无穷小
如果我不曾出生

远 行

你去了乌鲁木齐。2010 年暮秋，你记住了这个日期
阴雨。黑土地。重感冒和哈萨克少女
车站与旅店门前的人们用陌生的语言交谈
你听不懂，但能猜测到
所有的交谈都来自于生活细节
你准备沿着哈巴河岸进入白桦林
人们喊着你的名字
你侧着耳朵听，风里也藏着那三个字的尾音
你以为那里会有你爱的某个女人
她赶着马群
在空旷的草场上
只是他们不懂，你有多么年轻
惜命，做着干净的梦
你捧出往昔犯过的错误
供人们取笑或者评点
你还有更多邪恶，你等他们翻出来
佐证你清苦的一生
你愿意接受刑罚
四十日连阴雨，你和鸽子一起死去
人们走过你的墓地
唱歌，跳舞
不会提及任何关于你的往事

你不会介意，你知道，夜幕深处
至少会有一个人
——为你哭泣

有所思

枯井里捞起月影的人和雪地里点灯的人
都可以吹响十二孔竹笛
在穹宇之下，模仿鸽哨，虎啸并颁示神的谕旨
有种观点是：一日三餐，但梳洗打扮只需一次
然后是伐木，往山顶推石头，妄图把名字写进水里 *
谜题始终存在，我们不知生，亦不明死
于是有人搭乘火车去了俄罗斯，有人泅渡
落脚在澳大利亚和巴西
我是说，这也可能值得谁去深思，捞月的也会点灯
点灯的似乎也没有理由拒绝捞月
我是说，我们冥顽——
直到成群结队的雄蚁，日日夜夜，搬运我们腐烂的肉体

注：* 部分出自英国诗人济慈墓志铭。

弦 外

可能之后许多日子竟也一如此日
读落日浑圆的山冈，读渺渺茫茫的河川
读葱郁过而今枯去的芦苇荡
可能还有念想，但已不便说出来
可能读到某件旧物
心就突然颤动了
可能再也不会有谁懂得
描过的木房子，摇椅，瓷器和纸篾
苔痕近藤绿，鸟踪因雪新
可能无关时令
没有什么堪比一个人
呓语中的某个名字
——吐字愈轻，执念愈深

关于一首诗的诞生

我的一部分想法
变成了字符
它们带有喜悦
或者忧伤的语气
离开我的身体
像种子
落入河岸
雏菊一样安静

启示录

我常常遇见那个人
坐在走廊里
我经过的时候，他在读《圣经》
"你们是世上的盐"
我以为荒谬
我们是蒲公英，是牧童
祷告有什么用呢
疮疤总是会疼
直到我离婚前一天，走廊里
风吹枯叶动
突然想起他念叨过的
神知冷暖：他是其中一尊

知 秋

你有多久没读到过我？像现在这样，隔日如隔世
你甚至来不及打开记忆，不能电影镜头一样，一帧帧回放
你印象中，我来自哪里？矮墙连着篱笆，木棉长向天空
我不止一次提醒过你：搭乘轮渡和火车时，要深爱原野
布罗茨基和你厌倦过的所有名字
我们曾经陌生，我们曾经熟悉，我们必有感恩之心
在去往拉萨途中，我们遇见另一个自己
我把寄给你的又收回来。我还是愿意相信，一叶落即见秋深

我读到过这样一本书

作者生平已无可考
书皮也已磨破
似乎没有什么能够追忆
但其中的情节和句子
擦拭过他的面孔
（它的主人，它的仆人）
灯盏一样
照亮我颠沛的前半生

旧日事

我曾经深爱过这样一个姑娘
在哈巴河，在那仁夏牧场
总有草籽香结在她的胸上
柔软的是刀鞘
坚硬的是眼泪和路灯

我从苜蓿发芽等到雪花落下
我等到骑马的老哈萨克
和他的理想就要死了
我多想再闻闻
她胸前那淡淡的草籽香呀

另一种孤独

马可，你珍藏过那张照片
——崖壁上有落日
背景是须弥山或固原某地
那时候你得到消息
教堂里就要举行婚礼仪式
你又想起一个名字
潦草的，萧索的
你已习惯于另一种孤独
像某片落叶
整夜漂浮在陌生的海域
"没有谁会永久生活在这里
近于荒诞的
像傻子一样放声哭泣"
你醒到 2017
继续做熟悉的事情
马可，
没有什么能和这日相似

戊戌年末雪事（或与雪无关）

该怎样向陌生的人解释

晚起懒洗漱的早晨？

假如你恰好三十来岁年纪，经历过婚变

知晓雪落满窗台

世人皆写雪念雪，却并没有谁

真正懂得雪的凉意与孤独

该如何讲述得更为生动？使人以为这与你

有些关系，又似乎没有什么关系

当人群陷入猜疑

这时候，你确实独自走向黄昏

只回忆来路与往事

只听细微之物，滴滴涌上心头

而结尾从来不需要过度思量

不用力，更不着力

你得比谁都清醒或者懵懂

翻地，播种，除草，施肥，浇水，修剪

处处须得用心，至于作物属性

有人识得芒刺

就一定有人识得野玫瑰的种子

山行记

你引我去河边看日落
我们遇到的少年
一个是锡伯族
一个是哈萨克族
白桦林干净极了
雪山之神给它
清澈的水流
给它柔和的光线
神在马匹和落叶间种植
野苜蓿，蘑菇和苁蓉
你要我坐下来
指给我看远山积雪
多么辽阔呀
我们已拥有整个日落

与你无关的事实

现在，我爱你，已经不需要这是事实
不必非得触摸到一颗小巧精致的鼻子
不必在光线昏暗的房间里找到你脱掉的外衣
一切可能都不必有意义
——你为之恐惧并哭泣过的

现在，我们彼此只属于自己，静物一般
躺在床上，或者也如日光斜落在窗台上
你隐藏起的心事，可能是五个
可能会是八个
没有人在意，也不会有人想要确知
我们像是灰尘遮蔽眼睛的孩子
找不到自己
找不到唯一爱着你的方式

我可以随意称呼你的名字，不用像梦里一样具体
比如 X Y 或者是 Z
现在，我爱你，已经不需要它们会有确切的含义

四 月

我的母亲又一次陷入病中
嗜睡、厌食，瘦成低伏的芒草
它忽略掉了任何声音
比如风

我就坐在木椅支撑起的
短暂平稳中
我不能替它说出
那些隐在深微处的某种冷

关于孤独

三十岁以后，我才更理解孤独
是一章就要
读到结尾的沉船故事
主人公将永葆青春——
把奶制品、铅笔刀和草莓果重新归类
而大海上汹涌过的浪花
都将沉寂
像此刻，熟睡中的你

界 河

车间和高炉依旧鼎沸
准备下班的人
清扫瓜子皮
扶正桌椅
扔掉用旧的器具
工厂也有秩序
一些人还没有赶来
一些人
已经准备离开
烟囱是独立的
仰望其上
星宿并不言语
只有余光冷彻苍茫大地

门牌第 59 号

去年路过这里还有几声鸟鸣
哀婉的，忧伤的
像故事里掉色的木琴
就要七月了，苹果和梨子，旁边等着谁的女人
廊檐下，墙壁上，为什么苔痕越来越深

今天吹东南风不觉已是黄昏
草木深，暮色深
再也不见谁点亮孤灯
七月过去了，夜雨和晨霜，洗白的是谁的姓名
庭院里，井台边，为什么苔痕越来越深

读写困难症患者维特根斯坦

消亡是一种必然
应该相信
对于物的本质
语言只能呈现多余

辑四　掌灯记

祷告词

求你宽恕我吧，我已在来的途中
放下欲念、匕首和包袱
我经过的雪原，你已使它长满青草
我爱过并伤害过的女人
请你恩赐她吧，使她重新拥有
哺育万物的乳汁
我已做好准备
祈求你接纳
我迷失过，现在，要做回你的孩子

掌灯记

仿佛前些年，我们都还需要掌灯
似乎黑夜越漫长
灯芯就被心存善念的老人
拨得越亮
似乎我们都拥有同一个母亲
在灯下纳鞋底，织毛衣
替我们掖好被角
有时候也需要，备好干粮
给起五更远行的人
世界小极了
一寸光阴，值得我们用一辈子珍惜
仿佛只是短短几十年间
布鞋就已被皮鞋代替
马路上跑汽车，原野里架起信号塔
高铁和飞机
使时间紧凑、缜密
像我们的母亲纳在鞋底上的针脚
而灯盏再也无须被谁掌起
我们有电灯、电视、电子打火机
我们的母亲老了
我们总能买到新鲜蔬菜
羊羔肉也可以根据口味喜好

爆炒或者清蒸
一钵米，再也不用操心分成几顿
只是停电的时候
我更愿意母亲，掌起一盏灯
朦胧的灯影里
我愿意弯腰，捏着半块磁铁
替母亲寻回
那枚丢失了已有些年头的顶针

余 生

爱过的人，错过的事，丢弃过的旧物
都忘个干干净净吧
前途有雪山、草甸、溪流
请不要再带着哭过的眼睛抵达

想读些句子，就欢愉一些
哪怕只读一句
剔除骨头和芒刺
请牢记，读到雨歇处为止

如果我们还能在大海边相遇
如果我已经忘记你，请记得大声念出我的名字

省亲记

那些曾被我忽略过的
许多年以后
又都重新占据
我的心房。那些——
蒿草、韭菜、无花果和长枣
经过北风摧折
仍执拗地散叶
开出花朵，结成果实
（即使这里已没有人生活）
似乎完成一场演绎
并不需要观众
失落与兴奋
它们就是奇迹
在进山的道路两旁
报幕、独白，即使到了冬日
雪遮断归途
也欣然领命。
它们坚信，根若不死
总有一场春风
会把自己再次吹绿

梦并不能还原生活的每一部分

有那么几次，我梦到悬崖
拳头般粗细的两道铁索
沿着峭壁接入云端
后来在东岳山，我证实了自己恐高的来源：
庙宇亘在山峰上
秋风里的铁索
飘带一样系在台阶两边
还用往上爬吗？
神有神喜欢的安宁
所以才会给亵渎神恩的人
亦真亦幻的恐惧
使你却步，使你谨记
梦是生活的另一种延续
但有时候
又恰恰反过来
怯懦的人，在梦中举起刀子
刺破无底深渊
逐着微光不停歇地奔跑
直至力竭
在梦里肆意地哭出声来
我又这样理解：梦是生活的必要补充
我从没有过在梦中找到归途的经历

倒是体会过爱人
峭壁上的铁索一样
不言语，表情模糊，即使递出手去
她也只是轻飘飘的影子

违和感

尤其是在傍晚，尤其是白蝴蝶和花蝴蝶落在一截枯木的两端之后
兴武营古堡碎瓷器上映衬着的落日就显得多余
又可能是这只能归于记忆：
墓道里的野草、戈壁滩上的风以及时刻敲响在他耳旁的沉闷钟声
如果他也曾的确如此刻——
侧耳。把散落的头骨听作是一场雪越下越深

雨 中

必须选择一种事物
选取脆弱
也选其坚硬的壳
与决断过的达成和解

必须有这样一种语言
保持棱角
又不失度与分寸
替代我，说出隐藏的部分

我不被所有人喜爱
我热烈过，如今寂灭

福楼拜和他的情人

少年福楼拜着迷于
烟嘴，怀表，鹅毛笔，胸针，书签和贵妇人

阅读往往使他谨慎：
孤独的时候，巴黎比克罗瓦塞更冷

他需要至少三种方式
使窗外，所有鸟鸣归于寂静。

中年福楼拜，困倦多过写作带来的欢愉
贵妇人还是人妻，小姐们也多疑而且任性

可能都会有这样一天——
车辙和石头房子

永远，永远的消失。
没有谁还会坐在壁橱旁

念信，流泪，端起茶杯，想到之后发生的
白鸽再也不会衔来橄榄枝

即使已经过去几个世纪
即使，人们也赞美过崭新的国度

顽 石

对不起，我不能告诉你更多
我的过去和名字
它们是我独立的证据
血型，姓氏，以及未来都将没有机会
重复一遍的经历

我不需要你喜欢，不需要你爱
当我再次从瓦砾堆中站起
毫无疑问，只有我配做自己的旗帜
把灯点进秋风里——
既不渴求活着，也不畏惧死去

我骄傲，我也曾是
一张白纸
尽管这已经没有任何意义

瞬 间

这可能是有别于雨天的安静——
巨大的灯影笼罩着木床，衣架，鞋子
和几本来自中国各地的书籍

它们暂时得到了某种宽恕——
当我小心地推开窗户，它们并不意外
前一刻的恐惧，遇到灯光，之后就恍如隔世

致——

我年轻时喜欢的那个人
去过巴黎和伦敦

她戴桑蚕丝围巾
对服务生讲拗口的中文

我曾在电影里
听过她脚下涌动的浪花声

认识论

侄子认识事物的方法
终究与我不同
他总是伸手
触摸铁器和炉火
我心疼那
一岁半的小手
它的确寻到
甜品，果子和玩具
但有时候也是
碎瓷，火和钉子
我常常震惊于
这样一种场景：
我的侄子，噙着奶嘴
哭过后
又把伤愈的
小手伸向新的未知

重读《百年孤独》有题

那页书签可能比马孔多午后的行刑场更孤独
没有风吹过，也看不到冰块，云层愈来愈薄
但这并不影响它孤独地睡在第 240 页
一个女人回想起醉酒经历
（我的确喜欢这里，我愿意为她切好菠萝片和面包）
漫长的雨季就要结束，牲口开始恢复生机
——死亡并没有带来新的动荡
有很多次，我的阅读，都只能停滞到这里
然后在地图上寻找哥伦比亚和墨西哥
我需要做好笔记
这使人沮丧：一个人总能轻易从镜子中
知晓过去。现在，就只剩下那些讨厌的阿拉伯数字
魔术师一样，打开临街的窗户，催促读到的人老去

一个诗人的绝望与失败

这些年，我最想呈现给世界的
是早年住窑洞
点煤油灯的记忆
它足够黑，足够漫长
以至于无数次尝试
我始终不能
找准一个
能够全部涵盖它
却又不失形象生动的
比喻句

可是这并不是爱情

九月的时候，你送给我波斯菊
你说摘自田野里
我能嗅到秋雨
我知道，要捡阿勒泰金边石就得一直往西

十二月的时候，你为我织了圆领毛衣
整个石嘴山都是好天气
我盼着信使
我等一册小说，尽管我读不懂英文字

三月惊蛰，六月芒种
月圆的时候
我们都读到天涯共此时
我说我想你了，你说克拉玛依在下雨

顿 悟

我曾在别处读到悲悯
并以为
所谓悲悯
就是袁松卧雪时的眼神
直到昨日黄昏
病中母亲
担心园子里的豌豆
尖椒和黄瓜
叶蔓有没有生虫
这使我有充分理由相信
悲悯是
弱者面对弱者
语言滞后
状态
永远都是未完成

愿 景

我的欢愉
不是
十一月初九
你说
生日快乐
我期待的是
某年某月某日
你经过
我的墓地
捧一束野菊
告诉我
你很快乐

给布衣其其克

我年轻时爱过一个女孩
她的名字，
天山上的雪莲一样
开在我心上。

我后来遇到过无数女子，
也有人美丽的如花儿一样
但再也没有谁，
雪莲一样开在我心上

好事近

我着迷于这雪后晴日
万物有序
如杯底慵懒
又舒卷错落的茉莉花茶
我从没有如此认真
在纸上写下几行未了心事
——新年了
我爱着的女人说
如果我愿意等
就一定会有想听到的
那个消息

生命册

他热爱那些寂寂无名的
有时候是一株草
有时候是一帘秋雨
他能够懂得这种安静
死生有序——
它们是神的孩子：
要么先知，要么后觉
他必须得向它们学习
矜持与骄傲，在这
他尚不能完全
认出寄生物种类的尘世

呓 语

我们总得习惯错过，错过日出，错过涨潮
似乎我们还没有学会把握爱情。
像不像一对陶瓷鸽子?
羽毛是瓷器，心脏是瓷器，清澈的小眼睛
也是易碎的瓷器
然后，总会有人提醒我们
读几行关联性并不显著的句子，比如亲爱的布罗茨基
比如寂静的藏有麋鹿的山林
我们比更多迷途者早醒，即便是并没有谁死在七月
这里多么美好，我是说不曾起过争执的开阔地
一些小石头，你喜欢把它们摆成自己想要的空房子
点上灯，想象酒鬼划拳的声音
溪水总是该死，你喜欢用到这样粗鲁的词汇
——该死。即使我们谁也说不清楚它的具体意义
溪水呜咽着，仿佛万物都不会遭遇第二次
无论是重生还是赴死
这注定会绝望的日子里，甚至没人再会记起一部电影的名字
冗长的剧情，像你正写下的字
有时候（抱歉，我能告诉你的只是有时候）
我们需要把不想过早结束的变得更为细腻
这些零碎属于你，而那些骨头与血则属于他们
在这虚构而成的巨型手术室

究竟有没有人在意？
哦，这是鸽子，这是松木枝，这是墓地
我们手挽手，哭得多么整齐，我们没有台词
到死也没有喊出那个名字

写给张猫

太阳还是东升西落，牧歌也总是一支
我羁旅的这个村落
该消失的，不该消失的，都在不紧不慢逝去
而我已经变得释然
尽管对你和我的祖国仍抱有歉意
我的确试过了，从六月到八月
哪怕是具体到故乡
我也没能完成一首赞美诗
于是，我就常常靠回忆某些情节度日
有时候沮丧，想象野兽困于铁质笼子
有时候窃喜，九百六十万平方公里，我热爱的同胞
终于在雨夜纷纷苏醒
所以我会经常假设，我们还在一起
不需要城里的房子，也不必计较利益得失
我们拥有足够土地
种小麦和玉米，茄子和西红柿，辣椒和豆子

关于诗人的哲学命题

你能理解到一个诗人怎样的疼痛？
被人群疏远，被流放到
西伯利亚苦寒之地
或是扣上一顶政治帽子
强迫他放弃某些权利
（写作《日瓦戈医生》的那个人即是一例）
又或者使她离婚
在赴死途中爱上别的男子
我想，这些足够令悲悯者唏嘘
但，它并不是我们
应知应会的全部哲学命题
我读到过一个瘦弱女人肢解生死
并像电影里一样
在最后选择宽恕上帝
我就想到另一种可能性
所有诗句都是供词
荒诞的，诙谐的，悲伤的
写作者逼自己拿出勇气
揭开疮疤，指给人看
这是有过的瞬间的罪恶念头
这是羞愧与屈辱
这是矜持，是卑怯，是一把一把的眼泪

而旁观的人总是怀疑
他展露的罪恶似乎并不彻底
伤口与来历
也并没有多少新意
我想，世间事，最残忍的
莫过于此
——人们希望他
以自己喜欢的方式跪下来
接受自己窥视和剖析

再　见

给那些爱过的人
你的名声
现在，
它们开始变得有用
轻盈极了
像你写在早晨的
第一句诗
给哭泣者准备
擦脸的纸巾
至少三份，
图案要不同
仪式要隆重
要叮嘱那个活着的人
把玫瑰与薰衣草
编织成短裙
镂空
衔接处记得缝几针

雪 夜

我爱着的人
从远处
赶来
听我唱一首
关于九月的歌
我们喝啤酒
吃米椒
芥末，我们
从不指证
人群中
孤独的那一个

而我是个孤独的人

你们都拥有不止一次爱情
而我是个孤独的人
挂浅蓝与淡青相间的棉质窗帘
养说不出名字的刺球
爱索尔 · 贝娄，爱他写在那本书扉页处
小而精致的英文手写体
我喜欢这个冬天，多过尘世的任何一天
我总拥有同一只瓷碗
盛清水，也弹烟灰
我感恩于所有那些我不曾死去的日子
可以让我知晓更多秘密
——我读到过的女诗人
她在诗句里的三次写到贝蒂

睹 物

如果来世，我们婚配
一定得生闺女
然后给她胭脂、旗袍和红酒
教会她使薛涛笺
写长长的信件
从街角的邮筒寄出去
嘱咐她，时刻注意天气
不要像现在
天涯陌路的两个人
徒留许多恨事
得瘦，瘦中见骨，骨中见俏
莫怨负心汉
人间事，难免不得已
须牢牢记住
爱一个人
就得有决绝全部的勇气

辑五　冬至日

八里庄南一日

罗伯特也在早晨写诗
窗帘开着
北京的阳光，倾泻进卧室
照亮笔记本与玫瑰
遮住的几个名字

罗伯特的祖国是遥远的智利
多么神奇——
有人爱波拉尼奥，有人爱夜里熟睡的妻子
我们都想到过去死
请相信：这是写在战争结束后的日记

冬至日

一个人非得活到喜中见悲，才可能抵近想要的完美
那是真澄澈，真怜悯，仿佛窗外雪事与你无关
然后才可以邀约故人（因你惦念，她就不曾离开）
清谈无趣，禅机也多空寂，莫若只是对望
看一个人在眼底如草木，早前丰美
如今一截截枯死
等她终于厌倦，犹豫着走向你想象中的水池
试着告诉她，你和一只馋嘴猫的故事
那注定是另一种滋味（对镜梳妆是可能有的事情
白日偷腥也是极有可能存在过的境况）
然后就是独立，即使没有打算称王
适当与整日里算计白得一套书的诗人保持距离
必须要清楚：他会使书籍蒙尘，也会使书籍蒙羞
一个人只有做完这其中之一
才不必卑怯，不必把想说的话
留待告别时——
一个人必须得学会空出一只手
穷途不哭，只拥抱自己

此刻也将成为过去

许多年以后，你抖落蓑衣上的尘土与雪
回到这里
那些写在河岸边的字还在
牛犊与屠夫也已和解
他们彼此对视
坐在同一束光与阴影的交汇处

布拉格情史

我对自己说，我还年轻
有足够的时间
穿过原野和街道
去见那个心仪已久的女子
告诉她
雨水湿透草场是没有关系的
雨水也还年轻
裹覆着草籽
或者是听她读诗
句子里有草的芬芳与露水的湿气
累了就吻吻她
哪怕这一生
就这么简单的一次

独宿记

往北行了三百里地
我没有等到你
我的爱人，我的暮冬，我疼惜过的光阴几寸
于是，我也只能隐居此处
擦拭机械仪表，注意气压与温度
从早到晚
把一种厌倦过成另一种
也期待过你的消息
假设这人群中，我还是那个
你爱着的男人
你说你愿意，像现在这样
把劫后余生给我
我试图借此得到温暖
我的爱人，我确实有过如此祈求：
祈求流浪的吉普赛人有酒水喝
接近故土的犹太人
能像百灵鸟一样唱歌

撞钟记

哪怕是活一天，也要挑水
读信，吹西北风
替心仪女子描眉
——认真做好每一件人间事

元日：我的献词来自于另一个冬季

我的血亲，师长，故友，邻居，陌路人
我的不需要修辞的爱人
我相信，钟声会拭去你们昨日的疲惫，哀伤与孤寂
我擦洗地板，剃了胡须，换上干净的窗帘和外衣
我为你们每个人祈福
欢爱的人继续欢爱，安宁的人继续安宁

晚晴记

尤喜那轮直欲沉去的落日
决绝，不留任何余地
像极已经涉水而过
要把宝剑
插入情人胸膛的死士
而江山易主
已经没有任何秘密
我愿意见证这样的历史
我从铁索上经过
经过墓地，也经过庙堂
我向我的爱人和仇人
——告别

黄　昏

这时候，窗外的槐花都是旧的
羊群是旧的
吆喝着的牧人也是旧的
皮鞭上还沾着去年没有擦洗干净的露痕
像我潦草的半生
谨慎过，终于不需要等着某个人
——归来
这时候约娜应该还在读信
"有个女人死了，他们结了婚"
一条路像是从来没有存在过
没有行人，也没有风

命 运

其实就是这样一个比喻句
一支曲子
源头无论高山流水
都少有人聆听
即使偶尔被有心人吟诵
也无非是
误读的另一种

睡前书

过了三十，想到中年往后，可能困倦多于所获
就不再惊羡几蓑烟雨
该放下的总会放下，稗草除不尽，谷物豆子也收不完
想到江郎，尖角并没有显露，多半是，我也做不好一个母亲
替逐渐消失的激雷命名
或有雄心起，俄而即灭，论欢愉，读书不如爱情
往往说了真话，也不见得谁听，往往举杯
不辨滋味就已独醉
看几案棱角如故我，看尘染卷帘如今我，明日？
也该有后来人慨叹：独不见斯人
想到此处就又心安，闻达与寂灭，岂非一念间？
奸佞与贤才，都有訾有誉
我有两个读者——
（我当庆幸之）
造化万物的主宰和我自己

许小姐

整个秋日，这里一直都在下雨
忧郁的天空
像你眼睛的模样
我多么想爱着你
热爱婴啼，也热爱墓地
我在晨起时阅读
那是一幅淡色的背影图
篱笆桩，灰瓦房
一条铺满落叶的长长的走廊
你是否也会张开手臂？
许小姐，
穿白色紧身衬衣
配咖啡色短裙
跳完一支曲子。爱我，
像爱你自己

我所熟知的事物

之前是青苗抽穗，灶台上生烟
现在是石斛、蜂蜜、鱼腥草
以后可能是墓地上多些细微的声响

无所谓舍也无所谓得
三十年了，悲喜尽皆趋近于无
偶尔有所思虑

不过是那些爱过的事物剔除了苦和危险
有了温度，有了令人心颤的滋味

葵 园

像是掌纹，阡陌自有暗合处
像是谁种了满地蛊毒。一整个下午
我和你，和近处琐碎着的
和远处纯粹的蔚蓝

经络清晰可辨，皆有近似于无的孤独
像是余生无涯而又辽阔
我爱着的——野草挽着几朵闲花
云朵贴近碧空。像是慢下来的光阴

水中有火，放肆而又狂野——
你之于我，是多年不曾谋面的故人

遇雪记

想到一个地方去
途中逢雪而归
相信这不会是最后一次
也深知雪不会只
落在这里
不会久阴，不会把善饮的客人
逼到水穷处
雪中适合远眺
适合把苍茫茫的山川与河流
都勾勒在胸膛或者纸上
间或遇到几棵青松
该是意外之趣
这样多好，便有满腹心事
我也只告诉上帝

南向窗台吹北风

如果把写给你的这封书信
掐去北京初秋那场雨
也省略你赠我的
曲别针和南中国茶具
我的意思是，像现在这样
隔着伊犁
几棵葡萄树
并没有依照约定结出果实
而你不必回复
隔着伊犁
我已从窗花的形状中
预知到结局

错 误

所以我现在祈求你爱我
像爱一簇车前草
像山中时光
起雾了——
所以我愿意现在这样
爱着你
即使，我们并不能
因此而止住忧伤

依 据

知道你迟早会离开
会搬走皮箱
衣物
沐浴露和鞋子
会把一个男人毕生的
念想搬空
知道你不再回来
生活总得以某种方式继续
你嫁作人妻
生儿育女
把娇羞和任性
都给别人
但还是会帮你收拾
提醒你带好药膏
小袋点心
和伞具
预报有雨
可能是我这里
也可能
是你要回去的那里

我愿意你是孤独的火焰

现在，我唯一的愿望是你从远处赶来
带给我三样东西
我希望说服你
我们早该结束关于月亮性别的讨论
重新回到我们熟悉的生活：
一把镰刀，一碗清水，甚至于一张白纸
哪怕是，我们只拥有
一小块墓地
现在，我也祈求你不再欺骗自己
我们从养主那里领受
生与死。
当然，你也知道，你需要带给我
三样东西——
贫穷与疾病以及爱情

我依然持有某种担心

我总怀疑自己病了，食物只记得清炒土豆丝
阅读癖好也仅局限于
盐水煎熬过的句子
容易失迷路径，即使自己成长的乡村
渐次忘记白杨、谷场以及弃用的枯井
仿佛它们——
在我生命里，从未熟悉过一样
我已不再深信某种判断
因果自有轮回方式
载舟覆舟，流水又岂能尽如人意
我可能真的病了
眩晕，耳鸣，也会突然发颤
只是我还剪除不掉
习性与固执
比如我对这窗外鸟鸣
依然持有某种新鲜而多余的担心

第二种可能

他到过一个人的古渡口
看落日余晖
裹着河泥，枯草
落入心底
到过掏空了的
只闻松涛阵阵吹过来
却不见人影的石山
直到听完这样一首曲子
他才想起
最幸福的事
可能是陪爱着的女人
在清晨
慵懒地醒过来